Éxodo universal

Éxodo universal

Marlene Rivero Romero

www.librosenred.com

Dirección General: Marcelo Perazolo
Ilustraciones: Marlene Rivero Romero y Jhonfer Castillo
Diseño de cubierta: Laura Gissi

Primera edición en español - Impresión bajo demanda

© LibrosEnRed, 2017
Una marca registrada de Amertown International S.A.

ISBN: 978-1-62915-382-7

Para encargar más copias de este libro o conocer otros libros de esta colección visite www.librosenred.com

Aclaración

Todos los hechos, los nombres de personajes y las organizaciones mencionados en este libro son únicamente productos de mi imaginación, cualquier parecido con la realidad es pura coincidencia.

Marlene Rivero Romero
Autora

DEDICATORIA

Le dedico este libro a mi familia, a mi madre, a mis hijos, a mis hijas, a mis nietas, a mis nietos, y a mis futuras generaciones...

PRÓLOGO

En el año 1987 fue visto un gran Armagedón, el cual llegaría a espacio terrestre en 87 años. Estamos en el año 2072, la humanidad estuvo ocupada en guerras absurdas por el poder y el dinero, a tal punto que se le olvidó cuidar su propio planeta. Es inminente, el Armagedón se acerca a la órbita terrestre. Comenzó la carrera por la sobrevivencia humana. Varios intentos fueron en vano. Reunieron a las mentes más brillantes, científicos, médicos, ingenieros, artesanos, y a parejas jóvenes con niños, los cuales fueron enviados para unirse a las colonias que ya están viviendo en la base lunar y en la base experimental en el planeta Marte desde hace algunos años, con el fin de preservar la vida humana.

A medida que se acercaba el momento del impacto en la Tierra, fue mayor el caos en el planeta, hubo más desolación, algunos se encomendaron a las fuerzas del universo, desnudando su alma y entregándose por completo a su Creador, bien sea Dios, Jesús, Alá, Buda o quien represente el Ser Superior para cada cual.

Comenzaron a llegar naves a todas partes del mundo, todos estaban confundidos, desde el fondo de la superficie de la Tierra, desde el fondo del océano y de entre las montañas comenzaron a emerger naves, y los seres humanos estaban asustados por doquier.

Comenzó el éxodo terrestre, los seres del espacio no eran sino humanos, los cuales fueron nuestros ancestros, que una vez dejaron colonias en la Tierra para preservar su especie, ya que sus propios planetas corrieron el destino de la destrucción, tanto por causas naturales como por ataques de otras especies. Ellos se refugiaron dentro de la Tierra, debajo del océano, en medio de bosques tropicales, entre las montañas y en planetoides alrededor de nuestro sistema solar, mientras que otros buscaban un mejor planeta para preservar la especie. De esta forma se inició la nueva humanidad en el infinito del universo.

Introducción

Una intensa luz alumbraba su cara, poco a poco fue abriendo sus ojos. Con la mano izquierda trataba de tapar la luz que lo cegaba, se levantó lentamente y miró a su alrededor, caminó hacia la ventana y observó que la nave donde viajaba se alejaba de la Tierra en llamas.

Salida estelar

A través del vidrio de la ventana, una intensa luz iluminaba su rostro, la nave se movía con turbulencia. Confundido y aturdido, fue abriendo sus ojos. Poco a poco la nave se estabilizaba. Con la mano izquierda trataba de protegerse del resplandor que lo cegaba. Ryan se levantó lentamente, miró a su alrededor, caminó hacia la ventana y observó que la nave donde viajaba se alejaba de la Tierra en llamas.

Desde lo profundo de su pupila, Ryan recordaba cómo habían comenzado los cambios en el planeta, mientras a lo lejos observaba el intenso fuego y la caída de los grandes meteoritos en lo profundo del mar del planeta Tierra. La nave continuaba alejándose, y Ryan quedó profundamente dormido. En el medio de la estratosfera, algo lo despertó de su sueño. De pronto una mano cálida se posó sobre su hombro, lentamente abrió sus ojos, observó el rostro del que lo tocaba, ahí estaba su familia. Cayó nuevamente en el asombro, sin saber qué vida le esperaba de ahí en adelante, mientras la nave se alejaba.

Era el comienzo de una nueva era y una nueva humanidad, hacia un nuevo destino...

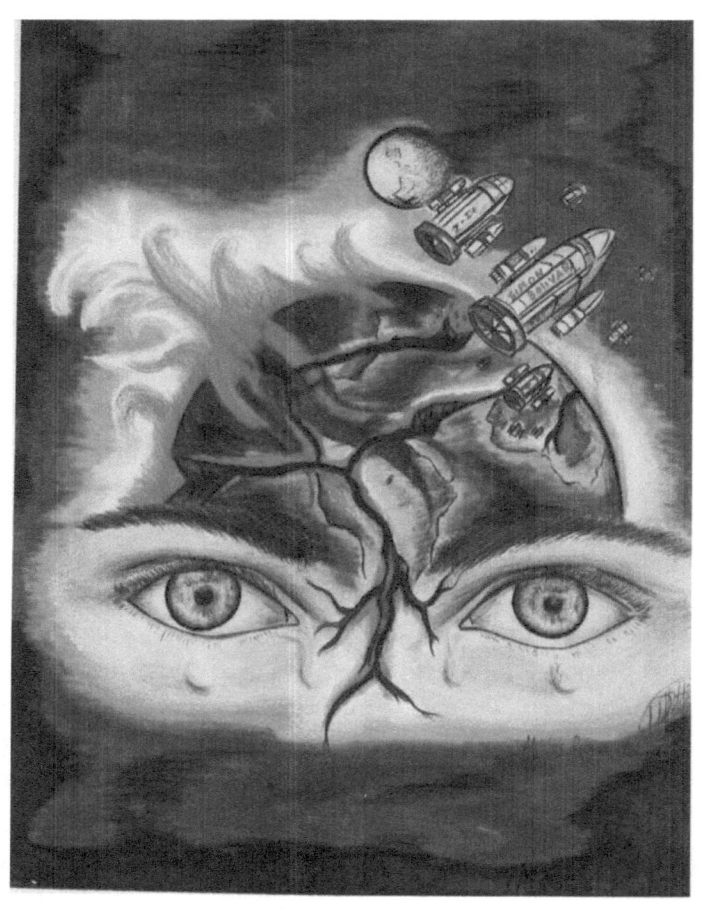

Laboratorio

La Dra. Andrea trabajaba en el laboratorio, eran las ocho de la noche, llevaba varios meses estudiando el fenómeno que había destruido la población de 3088 ovejas en Centroamérica en el año 2049. Observaba en su microscopio cómo las moléculas se reproducían cada vez más rápido, se formaban mitosis cada quince segundos, la acción era continua. Ella tomaba apunte del fenómeno sin perder un solo detalle. No podía creer lo que sus ojos observaban; pasaban horas y horas, y el resultado era el mismo. Continuaba dedicando largas horas al estudio: fatigada, cansada, seguía observando por el microscopio. Se estaba creando una nueva forma de vida, algo nunca visto en la existencia humana. La Dra. Andrea rápidamente llamó al Dr. Izraim, el cual estaba terminando el estudio de las malformaciones humanas en el laboratorio del este. Rápidamente, ante el llamado de la Dra. Andrea, el Dr. Izraim acudió al laboratorio, y casi de inmediato, observó el fenómeno con más atención, sacaron una muestra más de las moléculas para hacer un nuevo estudio, para ver cómo podían erradicar el virus que se formaba.

Estuvieron realizando este proceso varios meses, ellos seguían estudiando el virus sin tener ningún tipo de resultado positivo.

Aparentemente el virus no podía erradicarse, la sangre era su alimento, y cada día el virus se volvía más fuerte. Seguían trabajando arduamente sin darse por vencidos. Realizaron varios cultivos para ver cómo se podía eliminar o debilitar el virus. Cada día experimentaban con todo lo que tenían a su alcance, Esta investigación era la más difícil que habían tenido en toda su vida. El triunfo o el fracaso de esta investigación influirían en el futuro de la humanidad. Se hicieron cultivos con sangre tanto de humanos como de animales, también realizaron cultivos con vegetales, para ver si conseguían la respuesta a la enfermedad y así detener la mitosis que seguía avanzando. A pesar de todo el esfuerzo no era posible detenerla, el virus continuaba reproduciéndose en todas las pruebas de laboratorio.

Avance de la enfermedad

Por otro lado, la enfermedad seguía creciendo a nivel mundial, muchas personas presentaban diferentes síntomas.

En África consiguieron varios cuerpos, los cuales no presentaban muestras de sangre en su interior, como si alguien se las hubiera extraído por completo. Esto sucedió tanto en Su América como en Centro América, donde la población estaba desapareciendo. Aparte del virus, también las aguas estaban contaminadas, y las muertes eran miles. La putrefacción y el aire contaminado hacían más fuerte el virus de los habitantes que estaban contaminados, y el virus había comenzado a mutar. Los cuerpos presentaban la dermis desgarrada, muchos fueron encontrados sin piel en la cara o con grandes agujeros en sus rostros. Las personas afectadas por ese virus comenzaron a comerse los unos a los otros. Estaban asesinando a personas y comiéndoselas. No tenía sentido, solo caminaban, asesinaban y se comían a sus víctimas, y en el peor de los casos se desgarraban y comían su propia piel.

Era algo que la humanidad jamás hubiera creído que sucediera, y sin embargo estaba pasando. Se temía que tal enfermedad fuera el efecto de alguna droga no controlada. Continuaban investigando arduamente en los laboratorios sin conseguir una respuesta lógica.

La población estaba asustada por doquier al no recibir respuesta de lo que sucedía. A las personas contaminadas con el virus las llamaban los no vivos, porque actuaban como tales:

sin sentido, sin sensibilidad y sin ninguna razón de pensamiento. Eran solo muertos vivientes acechados por el mayor enemigo que ha tenido la humanidad en el planeta Tierra: un virus completamente mortal e incontrolable. Los pobladores comenzaron a sacar sus armas, las personas que llegaban a su propiedad, sanas o no, les disparaban, porque nadie sabía si estaban infectadas o no. Eran implacables. Los niños eran las principales presas de los no vivos.

Se intensificó el caos total, se formaron guerrillas rurales y urbanas, que luchaban contra las tropas del gobierno central para tomar el poder, aprovechando la confusión causada por la enfermedad. Había un estado de anarquía; hace muchos años se legalizaron las drogas en Centro y Sur América, pero ya esto no daba lugar a confrontaciones. Hoy en día se han erradicado casi todos los cultivos de esta índole, a nadie les interesa. Ahora la lucha es por el líquido vital, por el poder del agua en el planeta. Cada vez más desamparados subían a Norte América en busca de refugio y de alimentos; otros huían a Sur América en busca de comida, agua y estabilidad para un mejor futuro, a fin de preservar sus familias. Así como hubo quienes huyeron a Sur América por necesidad de sobrevivir a los ataques de guerrillas, la contaminación y la enfermedad, también los gobiernos extranjeros comenzaron a emigrar a Venezuela, Perú, Bolivia, Brasil y Argentina y al este del mediterráneo, en busca de las grandes reservas de agua potable.

Se creó un cordón militar en esos países para evitar el contrabando de agua potable. Solo esos países tenían la mejor agua potable para el consumo humano en todo el mundo en ese momento. Era tan apreciada y valiosa en el mercado internacional como fueron el oro y el diamante en el pasado. Así, el líquido vital se convirtió en un motivo de lucha y de guerras entre países, y las grandes corporaciones de Norte América querían tomar el control del líquido vital. Grandes embalses de agua en los países del norte del globo terrestre se habían secado por la declinación del planeta y por el calentamiento global. Hacia Sur América llegaban grupos comandos especializados para desviar el agua a países vecinos como Colombia, con ayuda de algunas personas infiltradas en ese gobierno. Trataron de desviar las aguas desde Venezuela a Colombia por Puerto Careno y Puerto Inírida, tuvieron éxito por pocas semanas hasta que el Ejército Revolucionario Bolivariano contraatacó y evitó la salida del agua de Venezuela.

Luego quisieron hacer lo mismo, pero esta vez llegaron por mar hasta el puerto de Tacna, en el Perú, para cruzar por Moquegua y después subieron hasta el lago de Titicaca, el cual es el embalse que está ubicado entre el Perú y Bolivia. Esta vez enviaron grandes aeronaves diseñadas con fibra de carbono, difícilmente detectable por los radares, extrajeron agua y la transportaron hasta un barco que tenían ubicado cerca del puerto de Tacna en el Perú. También comenzaron a instalar tuberías subterráneas para poder sacar el agua potable hasta el mar, proyecto que no lograron finalizar, aunque el contrabando del agua potable lo hicieron por varios meses hasta que fueron descubiertos por la Seguridad Nacional de Bolivia, y tal hecho fue comunicado al gobierno del Perú.

Se libraron tres grandes batallas, al final Sur América ganó la guerra contra el contrabando del agua, se formó un grupo de seguridad militar llamado la Alianza de Venesur, el cual estaba conformado por la milicia de los países unidos del Sur América, los cuales reguardarían los embalses de agua potable.

El gobierno del Perú envió las tropas unidas de Venesur. Estas fueron creadas por el Comando Revolucionario Simón Bolívar, para salvaguardar la soberanía de todos los países unidos de Sur América y eliminar a los contrabandistas, para que no traspasen la soberanía de Venesur. Se libraron batallas muy fuertes para sacar a los contrabandistas y a las corporaciones de los yacimientos de agua en Brasil. *El agua es el líquido más preciado, tanto como ningún mineral existente en el planeta lo era en ese entonces.* En el otro lado del mundo, quedaban pocos lagos, entre ellos estaba el Lago Chad, entre las tres fronteras de Nigeria, Chad y Níger. Otro de los grandes embalses era el Lago Victoria, ubicado entre los países de Uganda, Kenia y Tanzania. Y otro de menor tamaño, pero de igual importancia, era el lago Tanganyika, ubicado entre las fronteras de Tanzania, Zaire y Malawi.

Todos los embalses de agua ubicados sobre 15 grados al Norte sobre el nivel de la línea del Ecuador se evaporaron con el fuerte calentamiento global, y el resto estaba contaminado por la peste, desperdicios humanos y minerales. Muchas poblaciones cercanas al nivel 60 grados al Norte sobre la línea del Ecuador, comenzaron a desaparecer por el derretimiento de los polos, las inundaciones hicieron desaparecer ciudades enteras en el norte del mundo. Algunos pobladores de Groenlandia huyeron a países de Europa como Italia o España, antes de que su país quedara sumergido en el fondo del mar. Muchos murieron, pocos se salvaron, porque no creyeron que algo así sucedería. Se les había avisado con tiempo, pero esperaban que no sucediera. Muchos habitantes de países cercanos al polo norte comenzaron a bajar para salvar sus vidas, de la misma forma comenzaron a enfermar por el repentino cambio climático.

No estaban acostumbrados al calor, casi nunca habían sufrido de enfermedades tan simples como la gripe. Tampoco habían sufrido de contaminación por virus que producen los mosquitos, como el zica o el dengue.

Los viejos y los mayores y los muy jóvenes comenzaron a morir repentinamente, causando el caos en la población entre los esquimales y antiguos habitantes del polo norte.

Viaje a Centro América

El Dr. Izraim decidió viajar a Centro América, al lugar donde habían ocurrido los hechos años atrás, sin darse cuenta de que alguien más estaba interesado en su investigación. Desde el momento en que salió de su casa, comenzaron a seguirlo. Cada paso que el doctor realizaba era vigilado por personas desconocidas. En el poblado de Curami, donde comenzó la enfermedad, se percató de que la población había desaparecido, siguió al pueblo más cercano, y vio personas enfermas por todas partes. Comenzó a tratar de curarlas, pero cada día comenzaron a morir los más débiles, había personas deformándose, la piel se le comenzaba a caer en la nariz y en la boca, algunos tenían la piel en carne viva, y a otros, ya deformes, se les formaban conchas y hoyos en la cara. Alrededor no había agua, los pocos ríos estaban secos, y unos que otros contaminados tomaron muestras de todo lo que los rodeaba. Comenzaron a hacer estudios del suelo, él y la Dra. Andrea encontraron muestras de las moléculas que habían provocado la enfermedad.

Viajaron y encontraron la única población más cercana a una hora de Curami. Había algunos pobladores; allí la enfermedad estaba en la primera etapa. Comenzaron a estudiar cada uno de los alimentos que consumía la gente; encontraron la enfermedad en los vegetales.

Indagaron la forma de cultivo de estos, de donde se habían obtenido las semillas, qué tipo de riego tenían, de dónde sacaban el agua para el riego, y por último de dónde habían obtenido los fertilizantes para la cosecha. El Dr. Izraim envió las muestras a su laboratorio. De la investigación que hicieron, el resultado fue que las semillas fueron compradas en Asia, el agua de riego era de la lluvia natural, y los fertilizantes habían sido comprados en los Estados Unidos, lo que dio como resultado que el fertilizante usado estaba contaminado con el virus mortal. Además consiguieron otro virus que había estado mutando desde el año 2013, el cual fue llevado a los Estados Unidos desde Rusia, la persona era afectada al inyectarse un tipo de droga producida con Opium. Esto hacía que las personas se volvieran caníbales y comieran carne humana.

Inmediatamente el Dr. Izraim se comunicó con el laboratorio más importante en Washington, e informó lo que estaba sucediendo.

Le pidieron que regresara de inmediato y trajera las muestras de todo para buscar una posible cura y le pidieron que no le comunicara a nadie lo que había descubierto. El Ejército del país donde el doctor estaba haciendo la investigación se enteró de esta investigación. El coronel Juan Medina ordenó la captura del Dr. Izraim de inmediato, y envió militares para atraparlos. El Dr. Izraim y su asistente Andrea, sin saber lo que ocurría a su alrededor, caminaron por el pueblo, llegaron a una pequeña casa, cautelosamente entraron y observaron que no había estado habitada por mucho tiempo. Acompañados de un tormentoso silencio, ambos se quedaron dormidos. Al cabo de una hora, sintieron que derribaban la puerta, apenas pudieron levantarse cuando sintieron un gran golpe en sus rostros, al abrir los ojos vieron que era un hombre vestido de camuflaje con una gran barba y tatuaje en su cuello.

El hombre tuvo un enfrentamiento con el Doctor, combatieron cuerpo a cuerpo, y al final el doctor y Andrea pudieron escapar hacia la selva. Esto gracias a que la Dra. Andrea había golpeado en la cabeza con un tronco fuertemente al mercenario. El Ejército, por alguna razón, no quería que saliera la noticia de la contaminación y las enfermedades en ese país; pero era muy evidente por las muertes de las ovejas, ocurridas años atrás. Ya en la selva, él y su asistente se preguntaron quién y por qué querrían matarlos. Caminaron durante la noche por la oscura vegetación, fueron picados por mosquitos, y acechados por animales en la oscuridad, se refugiaron entre dos grandes rocas y árboles. Al amanecer, fueron sorprendidos por el ejército paralelo de ese país, fueron capturados por ellos, sin poder poner resistencia a su captura. Por otro lado, desde el comando central, a treinta minutos de ese lugar, el coronel Medina les gritó a sus subordinados: "¿Cómo es que todavía no han podido encontrar a un par de extranjeros, ratas de laboratorio, que ni siquiera conocen nuestro territorio? Vayan y saquen a esos espías y tráiganlos aquí ahora".

El Dr. Izraim, la Dra. Andrea y el ejército paralelo caminaron entre la selva. A ambos les vendaron los ojos los primeros veinte minutos para que no supieran hacia dónde se dirigían. Después de una hora de camino y quince minutos antes de llegar a la base, les volvieron a vendar los ojos. Estando en la base rebelde, aislaron a la Dra. Andrea y la encerraron.

El doctor preguntó: "¿Qué significa todo esto? ¿Por qué me están secuestrando? ¿Quién está al mando? Yo soy un científico, y no he venido a hacerle daño a nadie, vine a investigar el origen de las enfermedades que están sucediendo en todo el mundo".

El soldado le explicó que no podía darle respuesta hasta que una persona hablara con él, el soldado le dijo que la otra persona no tardaría en llegar. El Dr. Izraim fue encerrado nuevamente en una habitación sin ventanas.

Al cabo de dos horas llegó el general Alonso Pinero, entró en la habitación en compañía de tres subordinados, se presentó ante el doctor y luego ordenó salir a los soldados de la habitación.

El general le dijo: "Dr. Izraim, soy el general Alonso Pinero, a cargo del ejercito paralelo nacional EPN. Tenemos que sacarlo inmediatamente del país, está en grave peligro. Hay gente de su país que ha ofrecido mucho dinero para su captura. Dígame en qué anda usted metido, ¿por qué lo quieren matar?" El doctor no entendía a qué se refería, pero el general Alonso le explicó que tenía 24 horas para sacarlos del país, alguien en Sur América les había pagado mucho dinero por su rescate y liberación. El doctor le explicó al general Alonso que solo estaba estudiando la causa de la enfermedad del virus mortal.

Dejaron descansar a los científicos, les proporcionaron comida y abrigo, hasta llegar la noche.

Llegada la noche, el coronel y sus hombres cruzaron la selva llevando al doctor Izraim y a la doctora Andrea. Tres horas después se enfrentaron con el Ejército Nacional (EN).

El Ejército Paralelo Nacional (EPN), con quien el Dr. Izraim y la doctora Andrea viajaban. El otro (EN) es el Ejército Nacional, con ellos y el EPN se enfrentaron en la selva. Y el doctor junto con Andrea pudieron escapar rápidamente, en el enfrentamiento algunos hombres de ambos bandos murieron.

En el primer descanso, el coronel le explicó al doctor que antes del amanecer tendrían que llegar hasta el borde, donde lo iba a estar esperando un helicóptero para llevarlos a cruzar la frontera, y de ahí, él tomaría un vuelo a su país. Al parecer alguien estaba muy interesado en que el doctor no continuara con su investigación, por eso querían eliminarlo. Por otro lado, había alguien interesado en mantenerlo vivo, que había efectuado un fuerte pago para que lo devolvieran sano y salvo.

Por alguna razón, los rebeldes se veían saludables, al parecer no habían contraído la enfermedad, tal vez porque la mayoría del tiempo estaban internos en la selva y no habían tenido contacto con la población, excepto cuando los militares estaban cerca.

La Dra. Andrea había comenzado a presentar síntomas de fiebre, al parecer se había contagiado de malaria; la fiebre comenzó a subir considerablemente, trataron de bajarla, la zambulleron en el río y le suministraron el extracto de unas yerbas medicinales que se consiguen en los árboles de la selva.

Esta situación los atrasó por algunas horas, tenían al EN pisándoles los pies. Por alguna razón, el Ejército Nacional no quería que el doctor regresara vivo con esas muestras de agua, de fertilizante y de suelo. El EPN y los científicos tomaron un atajo recuperando las horas perdidas, así escaparon del Ejército Nacional y llegaron a su destino.

Dejaron atrás esa amarga experiencia. Ya en Washington, el sistema de salud se reunió, trataban de conseguir la solución a esta situación que a la larga podría ser irreversible para la vida humana.

No sabían con certeza de dónde provenía la enfermedad, por lo tanto no podían tomar una solución de inmediato.

El Doctor Izraim fue llamado por una comisión del gobierno, ellos querían saber qué había descubierto en Centro América, con quién había hablado, que le habían dicho, querían saber todos los detalles de su viaje.

El gobierno comenzó a vigilar al doctor Izraim, al parecer ellos ocultaban algo muy delicado. No querían que el doctor continuara con sus investigaciones en Centro América y le ordenaron no volver más allá.

Descubrimiento

Los estudios continuaron por varios meses. Después de incontables muestras descubrieron que la enfermedad se reproducía y se alimentaba de las paredes del estómago. Eso creaba un ardor intenso que hacía que la víctima comiera más alimentos y tomara mucho líquido para calmar el malestar. Siempre se repetía eso, creaba un círculo de bulimia y obesidad repentina, el estómago se destruía al igual que los intestinos, lo que provocaba ansiedad, mareo, vómitos de sangre, intenso dolor de cabeza, malformación del cuerpo y ansiedad por comer carne viva. El ciclo finalizaba en pocos meses, cuando la enfermedad avanzaba, y finalmente el paciente moría. Con el paso del tiempo, el Dr. Izraim descubrió que la enfermedad provenía de un ingrediente usado varios años atrás en los fertilizantes para el cultivo de los alimentos, los cuales habían sido suministrados por una gran corporación Trinacional conformada por los Estados Unidos, China Corp. y Rusia Corporación International. Anteriormente se habían usado esos fertilizantes para el riego en la cosecha de maíz, trigo y bananas en países de Centro América y los Estados Unidos.

El Dr. Izraim y su esposa Diana sufrieron los estragos de dicha enfermedad, porque Leticia, su hija, estaba enferma.

Muchas personas ya habían muerto, para ese entonces, el Dr. Izraim, después de incansables análisis, descubrió el antídoto para esa enfermedad. Experimentó la vacuna en el cuerpo de su propia hija Leticia, quien contaba con siete años de edad, y estaba comenzando la primera etapa de la enfermedad.

Fueron incansables noches en vela, esperaba que esta vacuna no fuera fatal para su hija y que le devolviera la salud nuevamente; después de varias semanas, comenzó a surtir efecto la vacuna, y la pequeña Leticia se curó de esa enfermedad. Posteriormente, el doctor comenzó a usar la vacuna en muchas personas que tenían la primera etapa de la enfermedad y que lo buscaban desesperados para que les curara esa enfermedad; a raíz de esto, fue foco de persecución de corporaciones farmacéuticas, las cuales querían quitarle sus derechos con respecto a la vacuna.

Tuvo que huir de los Estados Unidos, y se instaló con su familia en Canadá; ahí conoció al Dr. Watson, que estaba estudiando la transformación de las masas polares. El Dr. Watson descubrió que cada doce meses, las masas de hielo se derretían un tres por ciento con un aumento cada doce meses del uno por ciento, lo cual produciría un derretimiento total de los glaciares en un período de ochenta años aproximadamente. El Dr. Watson realizó una rueda de prensa, tratando de advertir a la humanidad acerca de su descubrimiento, pero fue en vano; las personas no podían creer que unos bloques tan inmensos que habían tardado millones de años en formarse pudieran desaparecer en tan poco tiempo, y eso sabiendo que tal problema ya existía, y las inundaciones estaban acabando con grandes ciudades cercanas al polo norte, aun así la población no aceptaba el hecho de que estaba en peligro y que poco a poco el planeta se estaba extinguiendo.

Emigración de niños hacia el norte

Fue inminente el éxodo a los países del norte de muchos inmigrantes, sobre todo el escape de los jóvenes y de los niños de sus respectivos países, debido a la inseguridad política y al genocidio existente entre pandillas en Centro América y en Sur América. La esperanza era llegar a los Estados Unidos, donde se creía que una ley realizada para los niños que ya estaban dentro de territorio nacional desde hacía más de 25 años podía permitir la obtención de permisos de trabajo y de la residencia legal en ese país. Pero eso no era así, porque esa ley solo se había hecho para los que ya estaban en territorio nacional y no para los que llegaran después. Con esa esperanza y con el miedo de vivir en países donde las pandillas dominaban a las familias y a las autoridades a tal punto de que si el niño no se unía a ellas, mataban a toda su familia, de igual forma en los gobiernos de Sur América, si no se unían a las filas del gobierno, todos sus beneficios como ciudadanos le eran retirados.

Sin importar dejar a la familia atrás, sin importar que se consiguieran en el camino, como peligro de morir de sed en el desierto, muerte por la mordida de una serpiente venenosa, morir en manos de narcotraficantes cruzando de igual forma la frontera, o morir en manos de uno de los supremacistas blancos, quienes les disparan a los inmigrantes al verlos cruzar en el desierto a los Estados Unidos, creyendo que los inmigrantes son narcotraficantes o delincuentes que traspasan su territorio.

De esta forma las familias estaban atravesando el desierto de Arizona, muchos niños comenzaron a cruzar el borde de los Estados Unidos y México. Niños de todas partes de Centro y Sur América. Muchos no lo lograron y quedaron a mitad de camino debajo del insolente sol del desierto. Madres quedaron esperando a sus hijos, que nunca llegaron. Muchas madres y familias están del lado del norte, donde muchas de ellas esperan con ansiedad la llegada de sus familiares desde Centro América. Muchos de los niños fueron violados, asesinados y enterrados en el desierto. Muchas mujeres que lograron cruzar a los Estados Unidos habían empeñado sus casas para pagarles a los coyotes que las cruzarían de México a los Estados Unidos; luego ellas pagarían desde allá para obtenerlas de vuelta. El gobierno de ese país decidió deportarlos, y muchas de esas familias regresaron a su país en peores condiciones que las que tenían al salir.

Sin casa donde vivir, sin empleo, sin dinero, y muchas sin hijos, ya que estos habían fallecido en el medio del desierto. Las historias de cada uno de los inmigrantes eran aberrantes. Algunos de los niños se quedaron con familiares que estaban dentro del país y ya tenían documentos, pero otros no. Por otro lado, un grupo conocido con el nombre de Ku Klux Klan tiempo atrás se habían proclamado como la supremacía blanca en los Estados Unidos, ya que en su retorcida mente, ellos eran el linaje perfecto, supuestamente decían ser la raza pura. Ellos comenzaron a reclutar más miembros y juraron que comenzarían a asesinar niños que cruzaran la frontera para acabar con la inmigración ilegal.

Esto comenzó a suceder, los gobiernos no sabían cómo detener este desastre, los inmigrantes comenzaron a subir a los Estados Unidos cruzando Arizona a enfrentarse con los Ku Klux Klan y con los miembros antiinmigrantes en la frontera. Hubo un genocidio atroz. Se enviaron las tropas y la Guardia Nacional a la frontera. Por otro lado, un extraño virus traído de África se desbordó en el país del norte. Como cosa extraña solo los blancos estaban contaminándose de ese virus, y poco a poco comenzaron a morir.

De igual manera, los blancos residentes en Centro América se contagiaron del virus descubierto por el Dr. Izraim.

En Sur América comenzaron los gobernantes a morir de cáncer, como justicia divina, uno a uno fueron cayendo.

La población comenzó a hacerse cada vez más débil, la economía nacional en los Estados Unidos cayó velozmente, y de igual manera las economías de Centro y Sur América. El monstruo de Asia se estaba haciendo más fuerte. A medida que la economía de los países iban cayendo, China negociaba con ellos y les dejaba deudas multibillonarias. A la larga, esos países debían más de las reservas que tenían internamente, como Venezuela, por ejemplo. Prácticamente el monstruo asiático estaba comprando cada país en quiebra, a su antojo.

La garza de Sur América, Venezuela, un país rico en oro, bauxita, diamantes, aluminio, hierro y agua potable, estaba siendo desangrada cada día más por medio de su petróleo, riqueza no renovable de ese hermoso país, por medio de sus gobernantes.

Este país no necesitaba ayuda del extranjero, porque con todos sus recursos minerales y naturales podía haber levantado un verdadero imperio en Sur América como lo había deseado su "Libertador", Simón Bolívar.

La población del mundo sufrió muchos cambios a lo largo del tiempo.

Ya no se repetían las mismas historias de cada diez años, sino que todo comenzó a ser diferente, porque la calidad de vida y del ser humano comenzó a cambiar paulatinamente. Mucho de los jóvenes no daban valor de dónde venían y no les importaba hacia dónde iban. El respeto hacia las personas y el valor a la vida se comenzó a perder. Todos luchaban para sobrevivir en un mundo de caos, donde todo se había dividido en dos partes. Una, en grandes corporaciones; la otra, el pueblo pobre y esclavo de las corporaciones. Pasaron los años, y todo cambió.

Transformación de mercados

Las puertas de Asia se abrieron hace varios años atrás, el mercado internacional avanzó velozmente, tanto en industrias como en el comercio. Los países de Sur América se unieron en un tratado firmado en el año 2023. Las industrias comenzaron a crecer rápidamente, y cada día el monstruo de Asia era más poderoso.

Asia tomó el control total de la tecnología, de la ingeniería aeroespacial y de las telecomunicaciones. Asia fue el pionero desde el año 2003, que empezó la construcción de una ciudad en el planeta G, el cual está ubicado entre los planetas Marte y Júpiter de nuestro sistema solar.

Las industrias se activaron a nivel mundial, avanzó más la contaminación del cielo y de las aguas de nuestro planeta Tierra. La población comenzó a sufrir de asma y de enfermedades respiratorias. Los desechos industriales eran lanzados a las aguas. La vida de la humanidad estaba en peligro. En el año 2028 prohibieron usar animales en los experimentos de laboratorio, por lo tanto los estudios de laboratorio estaban basados en cultivos con vegetales; pero aun así, muchas personas ofrecían sus cuerpos por algo de dinero o comida, para que experimentaran con ellos. Pasaron los años, muchos países fueron arrasados por las inundaciones, las cosechas destruidas por el agua y el lodo. En los países cercanos al mar, hubo muchas inundaciones. En la isla de Hawái y en Asia, los volcanes comenzaron a desatar su furia, arrasando con todo lo que había a su paso. Había comenzado el principio del fin. Para muchos con alegría, para muchos con tristeza.

El Dr. Izraim, ya un tanto mayor por los años, se había mudado con su esposa, para las montañas más altas de Venezuela, al gran monte Roraima, en el cual vivía como ermitaño, haciendo sus estudios. Su hija Leticia, ya mayor, se había casado con uno de los hijos del Dr. Watson, y habían formado su familia al sur de Utah, tuvieron un hijo llamado Ryan, quien se interesó por la bioquímica y se alistó en la Fuerza Aérea de los países unidos del norte, fue así como se llama hoy en día a la unión de los antiguos países de Norte América.

Con acuerdos internacionales firmados por los países más poderosos, en el año 2033 decidieron construir procesadoras de desechos y comenzaron a lanzar desechos fuera del espacio terrestre, en forma de cápsulas, otros preferían reciclar.

Muchos países no estuvieron de acuerdo, pero el tratado fue firmado por los países más ricos, quienes no querían los desechos en su espacio terrestre.

La llegada de los clones

Corea del Sur comenzó a desarrollar el proyecto de los clones, para así tener mano de obra económica y eficaz en hospitales, laboratorios y lugares donde el ser humano podría tener riesgos de contaminación. De esta manera, había personal disponible para ayudar a los humanos, y se evitaría el riesgo de contaminación a los verdaderos humanos.

Todo comenzó a desarrollarse progresivamente, los clones eran casi perfectos, no cometían errores, habían suprimido gran parte de las celdas genéticas que el humano común tiene, la cual permitía que se equivocaran. No era así con los clones, hacían muy bien su trabajo y razonaban más rápido que un humano normal, su nivel intelectual llegó a ser superior. De igual forma modificaron la genética de los clones, lo cual consumirían solo el 40% de los alimentos que necesita un ser humano normal, de esta manera los grandes laboratorios y las corporaciones productoras de clones se ahorrarían mucho dinero en gastos de alimentación. Solo las personas más ricas podrían contratar y mandar crear clones para su uso personal.

ANDROIDES

De igual forma también avanzaron con la creación de androides, en los cuales se había estado experimentando desde el comienzo de la creación de robots en los años setenta. Al contrario que los robots, los androides eran casi perfectos, los desarrollaron con piel humana sintética, podían derramar lágrimas de sus ojos y tener sentimientos creados y aprendidos como los seres humanos; algunos de ellos tenían implantes de órganos sintéticos creados en laboratorio, para ver su desarrollo y adaptación en el cuerpo humano. Comenzó la comercialización de androides, y estos fueron puestos a la venta a nivel mundial para grandes corporaciones. Se venderían para ser utilizados como mayordomos, niñeras, personal de servicio dentro y fuera de las casas en la noche. También comenzaron a usarlos como policías y seguridad.

Su sistema de protección contra la luz solar no estaba bien desarrollado, porque aun a grandes temperaturas del sol, los rayos ultravioleta dañaban la dermis en su cuerpo. Por eso, se utilizaban solamente para trabajos dentro de áreas protegidas por el sol.

GREGORIO LÁSER

En Venezuela se desarrolló el sistema de trasplante por medio de incubación vía láser, el cual consistía en un sistema de cirugía y trasplante holográfico por medio de las ondas gama, sin necesidad de abrir el cuerpo. Este sistema comenzó a desarrollarse a finales del 2032, por un grupo de jóvenes ingenieros y médicos de las universidades locales. Se había estado utilizando en prácticas, hasta que su desarrollo fue total, al integrarse al equipo un estudiante del primer semestre de Ingeniería, el cual contaba con 16 años de edad, un pequeño genio, y grande en ideas de desarrollo quántico.

Los grandes países comenzaron la carrera por obtener este desarrollo para sí mismos; trataron de robarse la idea y de copiarla; fue en vano, los experimentos que hicieron los que se las copiaron terminaron rostizando al enfermo. El sistema llamado Gregorio Láser hoy en día es el primero en el mundo que ha salvado vidas y es el más seguro en las salas de cirugía para el cuerpo humano.

Sequía en África, Australia, Mauritania, Algeria, Mali, Libia

Había pasado ya mucho tiempo sin que la lluvia cayera al norte de la faja del Ecuador, todos los alimentos comenzaron a escasear, junto con la falta de medicina, cada vez más personas comenzaron a enfermar. En el suelo, no crecía ni una sola planta. El suelo estaba en lo más profundo de su sequedad, comenzaron a morir los más débiles, mujeres y niños. Los pocos animales que se encontraban en el camino estaban enfermos y moribundos, era imposible alimentarse de ellos. Algunas poblaciones lo hacían, y su gente terminaba enferma o muerta. Con la guerra que se había desatado en el norte, ya no llegaban alimentos a ese país. Comenzaron las migraciones internas, buscando en otra parte un mejor lugar donde vivir y mantener a las familias. Con el derretimiento de los glaciares, muchas islas comenzaron a desaparecer.

Los que pudieron salir de ellas huyeron a países en tierra firme.

Comenzó una sobrepoblación; esto, sumado a la falta de alimentos, enfermedades y falta de agua, desató un caos en la población.

Emigración

Los habitantes de todos los países más pobres comenzaron a subir cada vez más a los países más ricos en alimentos. Cada vez eran más. Esto trajo como consecuencia que el sistema de convivencia de los países receptores comenzara a colapsar. Muchos exiliados vivían en las calles, no tenían trabajo, otros no hablaban la lengua de las personas de los países a los cuales llegaban. Hubo peleas y riñas raciales a nivel mundial. Los que sí pudieron tener una posición más estable comenzaron a unirse y tener sus familias con ciudadanos/as) del país receptor. Hubo una superpoblación a nivel mundial en los países más ricos. El caos se incrementó, las personas comenzaron a dejar las escuelas. Había más gente en las calles, todos luchaban por sobrevivir. El agua fue monopolizada por grandes corporaciones, las cuales comenzaron a usarla como combustible, ya que las reservas internacionales de petróleo se habían acabado hacía unos años. Desde entonces la energía que se estaba utilizando era la solar y la vegetal.

El agua constituía el nuevo poder energético tanto para la tecnología y las comunicaciones como para la preservación de la vida humana.

En Asia tenían años estudiando el fenómeno de la energía corporal, habían estado tratando de controlar el genotipo humano para poder usarla a nivel industrial. Esta consistía en el poder energético corporal, en la cual un ser humano podía sacar energía dentro de su cuerpo y transformarla en materia, como el fuego y la electricidad. Secreto que durante miles de años estuvieron oculto, hasta hoy en día, en que ha sido necesario divulgarlo. Durante algunos años la alianza de países ha estado negociando con las corporaciones para tener el control total de los embalses de agua en el mundo, para preservar la vida humana; sin embargo, las corporaciones la quieren para comercializarla y transformarla en otro tipo de energía.

Deformación de humanos

La deformación de los humanos comenzó a ser tan grande, que hubo personas que comenzaron a tener forma de animales. Algunos tenían mucho cabello en el cuerpo, otros ojos de gato; algunos parecían roedores, sus narices eran largas, y sus ojos saltones; otros, en vez de manos, tenían membranas, lo cual les servía para nadar más profundo en el mar. Comenzó una nueva forma de vida en el submundo, cazadores de recompensa iban tras la captura de fenómenos. Las personas con deformaciones eran atrapadas, y vendidas en los mercados de fenómenos, para luego ser parte de circos, luchadores o trabajadoras sexuales. A los niños fenómenos los ponían a trabajar dentro de las casas o en las pocas granjas que quedaban.

Uso de los invisibles

Ya se había perdido el control en todos los rincones de la Tierra, seguían las guerras y las luchas por el poder. Una de las corporaciones y la más poderosa estaba liderada por el Dr. Yet, quien había estado en contacto tiempo atrás con los metalonas, seres que estaban siendo estudiados en uno de los laboratorios lunares hacía ya mucho tiempo. Este doctor se había quedado con los conocimientos del descubrimiento que habían hecho los españoles en el año 2001, de hacer que un objeto pudiera tomar forma transparente y hacerse invisible. El Dr. Yet tenía ahora el secreto de la invisibilidad, el cual había comenzado a usar para crear soldados más poderosos y que no pudieran ser captados por la vista del ser humano. Los metalonas eran seres espaciales, los cuales en una oportunidad, al accidentarse una de sus naves, cayó cerca de la base lunar. Uno de ellos fue rescatado y tomado por los científicos para ser estudiado, el otro no pudo sobrevivir.

Ellos tenían la capacidad mediante su conducto sanguíneo de hacer transparente su piel. Con este avance lograron unir los estudios de la transformación de la molécula de sangre al conocimiento que habían descubierto los españoles, de hacer transparente la piel, de esta forma crearon al soldado universal. La única forma de descubrir dónde estaban era con la ayuda de los perros, los cuales por medio del olfato de los caninos, podían olfatearlos donde quiera que ellos estuvieran.

La última guerra

Había comenzado una nueva guerra. Un país del oriente, por una maniobra de práctica, accidentalmente había detonado dos viejos misiles, los cuales habían causado mucho daño en otros países, que no aceptaron las disculpas, pues los daños eran irreversibles y consideraban que tenían que cobrar el mal que habían causado a millones de personas. Comenzó lo inevitable, una guerra más que duró poco tiempo, porque nuevamente usaron mucha tecnología destructiva, y muchos pagaron las consecuencias. Se usaron los soldados universales. Era el nuevo prototipo de destrucción. Avanzaron mucho, y destruyeron a muchos enemigos de las grandes corporaciones, el todo, mantener el poder de la Tierra y el espacio.

Controlar los grandes yacimientos subterráneos de agua.

Desolación, destrucción por donde quiera que se viera. Comenzó la hambruna, los pobladores de los países más pobres comían hasta trozos de tierra, gusanos, raíces, ratas y cucarachas, para llevar algo al estómago, a los niños les daban raíces y barro para que calmaran su hambre.

Las cucarachas y los roedores sobrevivieron a las ondas destructivas y fueron los alimentos de los humanos, los cuales posteriormente morían. Se peleaban por un trozo de pierna de rata, por cualquier roedor que vieran en el camino, se estaban volviendo caníbales, algunos habían comenzado a matar niños para usarlos como alimento.

Aparece un nuevo líder

En un lejano y desierto lugar, donde solo quedaban ruinas y desperdicios de los últimos equipos militares que habían destruido en la última guerra, surgió un líder a quien llamaron Yafael. Era producto de años de investigación del Dr. Izraim, en el tiempo en que no se había sabido de él. Yafael era la modificación genética del óvulo de la hija del Dr. Izraim implantado en el nanorrobot, al cual le habían sido extraídas las células imperfectas, y se había hecho una combinación con células nuevas vegetales para que su cuerpo fuera regenerativo. Los nanorrobots dentro del cuerpo de Yafael combatían las posibles enfermedades y creaban su propio oxígeno para mantener el cuerpo tanto en el agua como en el espacio, creando así el ser perfecto y resistente al medio ambiente. A su vez Yafael era hermano de Ryan.

El Dr. Izraim había extraído el óvulo de su hija después de que ella pensó que nunca podría tener hijos a causa de la enfermedad que había tenido desde pequeña.

El pequeño Yafael había sido entregado a los monjes para su crianza y protección. Tiempo después, Leticia, la hija del Dr. Izraim, había quedado embarazada de un niño varón, al cual había llamado Ryan.

Yafael surgió entre la nada, para comenzar a liderar los grupos de resistencia en contra de las corporaciones que estaban creando la hambruna y el caos en el mundo. Comenzaron las movilizaciones por tierra, por el desierto, por las montañas y por el inframundo. Comenzaron a crearse redes sociales para liberar a los pueblos del control de las corporaciones. Había espionaje, saboteos a los planes de los diferentes gobiernos que controlaban el agua a nivel mundial.

Canibalismo

En el desierto y en las grandes montañas nevadas, fue la misma escena, personas que morían por cualquier razón, eran devoradas por los que estaban a su alrededor. El canibalismo se apropió de los seres humanos. Con esta tercera guerra, se había contaminado el poco alimento que quedaba en la Tierra. Comenzó la persecución de personas débiles, tanto de mujeres como de niños y hombres mayores, ya que estos no podían avanzar rápidamente para ocultarse y hacer prevalecer sus vidas. Se formaron grupos llamados humies, que muy sigilosamente se movían en el medio del desierto y de las montañas para detectar la ubicación de los caníbales.

Robots contra androides

La onda destructiva que usaron para eliminar gran cantidad de cyber (androides autómatas con inteligencia artificial, es tecnología avanzada) afectó los sensores de toda la maquinaria robótica y de los androides, los cuales comenzaron a comportarse de una forma inusual. Los androides que trabajaban en los hospitales comenzaron a desconocer las órdenes de los humanos y empezaron a actuar por cuenta propia, desencadenando así una serie de dificultades que cada vez se hacía más complicada y difícil de manejar. Los robots comenzaron a cometer numerosos errores, gran parte de la información en su sistema se había desconfigurado, y muchos se estaban volviendo peligrosos. Por otro lado, los clones comenzaron a lidiar con este problema y le pedían a los verdaderos humanos que inactivaran a todos los robots. Otro grupo comenzó a reunirse para pedir que limitaran el tránsito de los androides, ya que estaban actuando muy independientemente de las órdenes de los clones y de los humanos.

Comenzaron a utilizar nanorrobots para infectar el sistema de los robots y de esta forma inutilizarlos.

Ciberexterminio

Había comenzado el exterminio de robots, muchos androides comenzaron a ver esto como un peligro para sí mismos.

Un grupo de androides liderado por uno de ellos, llamado Matt, quien había sido creado con inteligencia más avanzada, cuyo propósito era preservar los archivos del comienzo de la era robótica, se unió con otros androides, y comenzaron a desaparecer los tubos que contenían las inyecciones de nanorrobots. En vista de esto, se buscó a un científico llamado William Kimoto, creador de nanorrobots, quien era necesario para la creación y la supervisión de nanorrobots en masa, para la destrucción de los grandes robots y de las maquinarias robóticas que estaban sin control, destruyendo todo a su paso. El Dr. William Kimoto fue perseguido y casi secuestrado por el grupo del líder Matt. Se ocultó en el escondite de los Guardianes de la Paz, en el inframundo, luego buscó un refugio en las cuevas entre las montañas.

Censo

Después del censo realizado en el año 2060, se descubrió que la población blanca había disminuido, y el resto de las razas había aumentado un 60 por ciento a nivel mundial. Asimismo, se descubrió que hacía más de un año no había un nuevo neonato. La población mundial era de 1.17 billones de habitantes en la Tierra. Eso sin contar la población ya existente en la Luna ni los científicos que vivían en el planeta G y en Gliese.

Humanos y clones

A escondidas, muchas mujeres comenzaron a tener relaciones con los clones, ya que a ellos se les habían suprimido los genes que producían enfermedades. Era una esperanza para aquellas mujeres que deseaban tener familia. La busca de clones para tratar de reproducirse se hizo más intensa debido a que no se producían nuevos nacimientos; lo que se desconocía era que a los clones los habían creado infértiles, de esta forma nunca podrían reproducirse, ellos tampoco tenían ese conocimiento. Los clones habían sido creados únicamente para beneficio económico de grandes corporaciones. Pasaron los años, y las mujeres dejaron de tener bebés. La población estaba envejeciendo y enfermando cada vez más. Por otra parte, la población de asiáticos comenzó a aumentar. Las mujeres más jóvenes comenzaron a tener hijos desde temprana edad, ya no tenían el control que a principios de siglo permitía tener solo dos hijos.

Al abrir las puertas del mundo comercial y desde el momento en que los asiáticos salieron de sus respectivos países, se eliminó la ley de solo dos hijos por pareja.

Ellos comenzaron a ser la nueva esperanza para la población de la humanidad, comenzaron a tener hijos rápidamente, y personas que deseaban tener hijos comenzaron a buscar a los asiáticos para formar familias.

Ellos comenzaron a crear grandes laboratorios en los cuales las personas también podían, por medio de un fuerte pago económico, encargar un bebé al dejar sus óvulos fecundados o su información genética. Aun así, solo por medio de la sangre de ambos padres, los asiáticos podían crear a un ser humano en un laboratorio.

Invisibilidad

Fue creado el manto de invisibilidad, el cual era un transmisor usado para detectar las moléculas sanguíneas infectadas o unidas con la sangre de los metalonas para ubicar la posición de los soldados universales y así ser destruidos.

Fueron perseguidos y destruidos, se crearon detectores muy simples, pero la sangre de los metalonas inyectada en los humanos contenía una pequeña cantidad de metal, que era detectado por los aparatos más simples. Los clones y los humanos llegaron al medio del desierto, a los refugios de los soldados universales, los cuales comenzaron la destrucción de sus bases. A raíz de esto, la energía fue eliminada en su totalidad del laboratorio militar subterráneo del desierto de Utah.

Los seres deformes comenzaron a desconectarse de los tubos, los cuales los habían estado creando desde principios del 2006, para formar una nueva raza.

Los experimentos para ese entonces no habían tenido los resultados esperados, muchos seres casi humanos eran deformes, y ninguno tenía capacidad de pensamiento.

Continuaron con estudios, crearon seres casi humanos, en secreto del mismo Gobierno Federal, la misión era crear batallones perfectos, pero no pudieron lograrlo.

Rusia se les adelantó y en el año 2009 mandó a crear 1000 soldados clonados a Corea del Sur, los cuales serían perfectos militares del futuro.

Crearon un gen que eliminaba la capacidad de dolor, el cual fue implementado en el personal del ejército, solicitado por Rusia a Corea del Sur.

Se realizó un segundo pedido en secreto de clones en el año 2015, en esa oportunidad solicitaron 3000 militares. Con los más avanzados estudios de la ciencia y la tecnología, el prototipo de los primeros soldados fue mejorado.

In vitro

Por medio de las grandes corporaciones, comenzó la creación de bebés in vitro. Ya no era necesario tener sexo para tener familia, eso con el pasar del tiempo dejó de ser prioritario para la raza humana. Todo se hacía por medio de sensación virtual, y los niños eran creados in vitro. Los humanos que querían tener bebés tenían que comprarlos a los laboratorios, porque tenían que crearlos con su información genética, solo con una muestra de sangre.

Al pasar el tiempo, en los diferentes países del mundo se crearon varias sociedades, las primeras de ellas fueron las grandes corporaciones, luego los ricos, los pobres, los clones, los in vitro, los mutantes, los androides, los robots y, por último, la raza deforme, fue así como le llamaron a los que por medio de intoxicación química o creación en el laboratorio subterráneo de Utah, habían quedado deformes, y los habían clasificado por debajo del nivel de los robots.

Mutantes

Por el contrario de lo que sucedía con los deformes, los mutantes eran temidos, porque habían desarrollado la capacidad de canalizar la energía del cuerpo humano, y de la naturaleza, podían controlar todo con sus propias manos, con su cuerpo, su mente y su espíritu. Aun los tenían contados, no eran muchos, se estaba empezando a desarrollar esta especie. Caminaban libremente por todas partes, era difícil reconocerlos, porque no mostraban nada en común, excepto cuando los altos decibeles penetraban sus oídos, eso los paralizaba con un fuerte dolor, por esa razón nunca frecuentaban lugares como discotecas o algo parecido. Cuando abordaban un taxi y el chofer tenía el radio prendido, el mutante mandaba a apagar la radio. Era difícil para un taxista transportarlo porque a los mutantes les temían, eran peligrosos si los molestaban.

Raza deforme

Cuando los humanos y los clones comenzaron la destrucción de las bases de los soldados universales en el desierto de Utah, destruyeron la base de operaciones y por lo tanto acabaron con la energía que esta tenía.

A partir de ese momento, se desconectó la potencia que mantenía a la raza deforme en los grandes laboratorios subterráneos, y ellos comenzaron a emerger de lo profundo de las arenas del desierto.

La raza deforme se escondía en cuevas en los desiertos y en lugares casi no transitados por el resto de la población. Se atrevían a ir a la ciudad por debajo del subterráneo, para buscar suministros, estaban cubiertos de pies a cabeza. Cuando alguien se daba cuenta de que era un deforme el que estaba ahí, enseguida lo atacaba y lo sacaba del lugar. Vivían asustados, la piel se les caía como si tuvieran lepra, andaban en grupos de cinco, para protegerse unos a otros.

Cargaban siempre una vara, para defenderse de otros. Les quitaban todo los que poseían al ser descubiertos, nadie los quería. Eran perseguidos por cazadores de recompensa y posteriormente eran vendidos.

Inframundo

Un grupo de monjes que aún quedaba se refugió en ciudades construidas hacía muchos años por los ejércitos de diferentes partes del mundo en el subsuelo. Habían comenzado a sembrar en el inframundo algunas de las muchas semillas que por años habían estado almacenando entre las montañas. Desarrollaron un sistema de riego y un sistema de purificación del oxígeno con agua de manantiales en las profundidades de la Tierra. Se organizaron ciudades en las profundidades y en las antiguas bases militares en el subsuelo. Crearon escuelas y negocios, los cuales funcionaban con sistema de trueque, en el que todos eran colaboradores, no existía un líder absoluto, ni sistema de gobierno, solo se compartía o se cambiaban los productos que el otro necesitara para su subsistencia.

Mientras, en la superficie seguía la sequía en algunas zonas, y otras zonas se seguían inundando con lo poco del derretimiento de las masas polares que quedaban.

PANDEMIA

Se desató una pandemia mundial, miles y miles comenzaron a morir por la contaminación de las aguas y del aire, ya era imposible respirar aire puro, la capa de ozono se debilitó tanto, que los rayos ultravioletas comenzaron a dañar a todo ser viviente. Los campos estaban contaminados. No había alimentos, la poca siembra se había quemado por los rayos solares, y en otros casos estaban contaminados por el monóxido de carbono que emanaba el aire por la destrucción de grandes reservas de gas de antiguos pozos petroleros, que aún quedaban en algunas partes del mundo. Enfermedades como el asma, la neumonía, la bronconeumonía, la meningitis y la tuberculosis empezaron a proliferar. La pandemia había acabado con el 80 por ciento de la población mundial. Había que salvar a los pocos humanos que quedaban.

Persecución de los psíquicos

Una nueva raza que se había ocultado por mucho tiempo fue descubierta. Se trataba de los psíquicos, capaces de ver lo que podía suceder en el futuro. Los gobiernos más poderosos los usaban para adelantarse a los pasos de sus enemigos; así, a mano de algunas mentes perversas, se encomendó la persecución y la captura de hombres, mujeres y niños psíquicos, porque eran la clave para descifrar el destino de la humanidad y eran portadores de gran cantidad de energía estática capaz de crear grandes reservas para el beneficio de la humanidad. Pero no podían ser capturados, ya que ellos veían cuando había un plan en contra de ellos y así podían escapar a tiempo de la persecución. La alianza comenzó a invertir grandes sumas de eptolito (nuevo sistema de energía utilizado como sistema cambiario) para crear un bloqueador y así poder atrapar a los psíquicos, quienes ya eran imposibles de capturar. Comenzó una nueva lucha para preservar la libertad, pero los psíquicos sabían que la libertad pronto llegaría desde el cielo.

Zombi

En el año 2009 fue creado en un laboratorio de los Estados Unidos una vacuna a base de un virus que estaba en proceso de desarrollo para ser implementada en los soldados para ayudarlos cuando estuvieran en guerra y fueran heridos. Esta vacuna permitiría aliviar el dolor y seguir combatiendo, más adelante a la misma vacuna le agregaron rabia, la cual fue experimentada en siete personas.

La vacuna tomó efectos secundarios, en los cuerpos de estas siete personas se comenzaron a ver cambios, empezaron a deformarse, a sangrar por todas partes, y atacaron a los médicos, por lo cual fueron aislados. Sin embargo, entre ellos mismos comenzó el canibalismo; el virus de la rabia en la vacuna les había afectado el cerebro, destruyéndolo casi por completo.

Los que quedaron fueron separados, pero al no conseguir una cura a este experimento, fueron exterminados.

Este virus tenía que haber sido destruido, sin embargo el doctor que lo había inventado no quiso hacerlo, quería seguir investigando acerca de las mutaciones que este virus producía en los humanos. Se le prohibió seguir haciendo la investigación.

Años después, en el refugio experimental de Colorado, donde tenían a las personas voluntarias para probar vacunas a fin de combatir enfermedades, a un recién llegado científico que no estaba al tanto del peligro de esa vacuna se le ocurrió tomar el virus —en la botella decía *Health for ever* "salud por siempre"— y se la proporcionó a los voluntarios, vagabundos que estaban en ese refugio arriesgando su cuerpo por un poco de dinero a cambio.

Inmediatamente después de las 24 horas comenzó la extensión del virus entre la población del subterráneo.

El gobierno federal prendió las alarmas y clausuró el refugio. Uno de los vagabundos que había estado esperando para la vacuna, llamado Damián, había salido minutos antes de que encendieran las alarmas, él había estado en contacto con otro vagabundo al cual le habían puesto la vacuna y había tomado un vaso de agua que estaba contaminado.

Con Damián fuera de la base, el virus fue liberado, estuvo viajando por el desierto, cruzó Colorado y se dirigió hacia Las Vegas, fue ahí donde finalmente atacó a Damián con fuerza, y este se transformó, su cara comenzó a inflamarse, pedazos de piel le colgaban, salía sangre por su nariz y por su boca.

Con desesperación, Damián comenzó a atacar personas mordiéndolas, las mataba y se las comía. Comenzó un caos, los que habían sido atacados por él se transformaban en zombis y continuaban atacando y expandiendo el virus rápidamente. Buscaban la forma de exterminarlos, pero la única vía para hacerlo era inactivando su cerebro, así que comenzó la caza de zombis antes de que se esparcieran al resto del país, había que dispararles en la cabeza para finalmente acabar con ellos.

Comenzó la guerra de los zombis. Humanos, clones, androides, mutantes y demás especies contra una sola, los mismos humanos convertidos en la aniquilación de la raza humana.

ARMAGEDÓN

En el año 1987 fue avistado un gran meteorito del tamaño de Texas, el cual llegaría al espacio terrestre en 87 años. En 2072, cuando se cumplía ese plazo, la humanidad no tomó en serio la llegada inminente de ese meteorito que era un gigantesco Armagedón el cual en dos años estaría entrando en órbita terrestre. Muy ocupada había estado la humanidad en guerras absurdas por el poder y por el dinero, a tal punto que se les olvidó cuidar su propio medio ambiente. Era inminente, el Armagedón se acercaba a órbita terrestre. La Alianza, la cual fue al principio conformada por los países más avanzados en tecnología aeroespacial, ahora estaba dirigida en su totalidad por China. Designaron misiones espaciales para entrar al meteorito y hacerlo volar en varias partes, para así poder desviar la gran roca de la Tierra. Había comenzado la carrera por la sobrevivencia humana. Varios intentos fueron en vano, seguían construyendo grandes estructuras para poder cortar y dividir la gran roca.

Tenían que hacerlo con mucha precaución, porque si sus cálculos fallaban, la Tierra de todas formas se destruiría con las partículas de meteorito que dejaran caer en ella. La alianza mandó a fabricar en la estación espacial de Guárico, Venezuela, un enorme láser, llamado Gregorio láser, el cual le alteraron alguna de sus partes para hacerlo más poderoso.

Se realizó un intento de cortar la roca en dos partes con el láser desde la Tierra, disparándolo desde la estación espacial de Guarico. Se logró en el segundo intento, pero lo temido sucedió, la parte más pequeña de la roca de meteorito que fue cortada se dirigía a gran velocidad hacia órbita terrestre. Muchas personas, aferradas a su religión, pensaron que ese era el fin del mundo y que debían morir para estar con el Creador, de esta forma justificaban su suicidio, y la muerte de sus hijos. Grandes trozos de rocas en llamas comenzaron a caer en la Tierra, no había dónde esconderse. La escena era igual en muchas partes del mundo, comenzaron los incendios, todos corrían a ningún lugar. Las personas estaban desorientadas. Se veían denle el espacio muchas luces que se acercaban a nuestro planeta.

Comenzaron a llegar naves a todas partes del mundo, todos estaban confundidos, del fondo de la Tierra, del mar y de entre las montañas comenzaron a emerger naves, y los seres humanos estaban asustados por doquier.

Muchos comenzaron a atacar las naves con armas de fuego, sin saber qué estaba sucediendo. Muchas de las naves fueron destruidas porque algunos habitantes creían que llegaban a atacarlos, cuando por el contrario i las naves iban a rescatarlos.

Cuando finalmente las naves aterrizaron y abrieron sus puertas, muchos comenzaron a correr para entrar a las naves, comenzaron a empujarse, y los que estaban armados les disparaban a los que estaban delante de ellos, para abrir espacio para ellos salvarse.

Las naves crearon un cordón de seguridad, estaban dejando entrar primero familias con niños pequeños menores de 17. La segunda fase era mujeres menores de treinta años, por último las personas mayores y los hombres. Los científicos, los profesionales y las mentes pensantes ya habían sido recogidos en otras naves. Fueron los primeros en salir del planeta con sus familias.

Las fuerzas espaciales de todas partes del mundo enviaron flotas de droids (naves no tripuladas por seres humanos sino manejadas por control remoto) monitoreadas desde la base lunar y el planeta Marte para destruir el gran trozo de roca que se dirigía a la Tierra a causa del bombardeo al Armagedón.

Comenzó el exilio, se creó un arca en el cual se buscaron las mentes más brillantes, los artesanos, parejas jóvenes y los pocos niños creados en laboratorio, los cuales fueron enviados para unirse a las colonias que ya estaban viviendo en la base lunar y en la base experimental en el planeta Marte desde hacía algunos años. La Alianza envió varias naves tripuladas con su población al planeta G, con el fin de preservar la vida humana y su dominio en la galaxia.

Los habitantes del inframundo comenzaron a emerger, y con ellos los siete monjes que quedaban en la Tierra. La humanidad no se explicaba de dónde salían tantas personas. Con anterioridad, antes del tercer holocausto, muchos bajaron a las profundidades de la Tierra, creando una gran ciudad subterránea para su salvación, pero era el momento de salir de la oscuridad.

Hombres y mujeres con piel pálida y ojos muy brillantes casi no toleraban la luz del sol, salían cada vez más para abordar las naves de la salvación.

Salieron de naves enormes desde el fondo del mar, las cuales eran grandes ciudades en forma de burbujas con cubierta transparente. Inmensas estructuras con viviendas sumergidas en una capa de líquido cristalino. Desde algunas ventanas de su ciudad acuática flotante, se observaron seres similares a los humanos, de piel gelatinosa transparente, sin párpados, sin cabello, se ocultaron para protegerse de los rayos solares, mientras las naves subían al espacio. Estos fueron llamados numis. Jamás por nuestras mentes pasó la idea de que nuestro planeta Tierra también fuera habitado en lo profundo de sus mares por otra forma de vida acuática parecida a los seres humanos.

Éxodo universal

A medida que se acercaba el momento del impacto en la tierra, fue más el caos en el planeta y más la desolación, pero algunos se encomendaron a las fuerzas del universo, desnudando su alma y entregándose por completo a su Creador, fuera Dios, Jesús, Alá, Buda u otro. Los templos comenzaron a llenarse de fieles creyentes. Descendieron naves a todas partes del mundo, todos estaban confundidos; del fondo de la Tierra, del mar y de entre las montañas comenzaron a emerger naves, y los seres humanos estaban asustados por doquier. Había comenzado el éxodo universal, los extraterrestres no eran sino humanos que habían sido nuestros ancestros y que habían dejado colonias en la Tierra para preservar su especie, ya que sus propios planetas corrían el destino de la destrucción, tanto por causas naturales como por ataques de otras especies.

Ellos se refugiaron dentro de la Tierra, debajo del océano, en medio de bosques tropicales, entre las montañas y en planetoides alrededor de nuestro sistema solar, mientras que otros buscaban un mejor planeta para preservar la vida. No tuvieron más contacto con nuestra humanidad porque querían ver cómo era nuestra evolución, y además no querían que las especies enemigas supieran dónde habían ocultado a la raza humana para evitar su extinción. No fue sino hasta el año 1929 que comenzaron a hacer sus apariciones en algunas partes del mundo, para observar su obra. *Nuestros descendientes* constantemente comenzaron a viajar en el tiempo hacia el pasado para observarnos, aun después de que se construyó la primera bomba nuclear. Ya ellos sabían cómo terminaría la raza humana, por eso estaban muy pendientes y nos enviaban mensajes celestiales, con hologramas de la Virgen María, y apariciones, para ver si podían llegar al corazón de la humanidad y hacerlo más humilde. Pero todo fue en vano, ya poco se puede hacer. Ahora la meta es ser más espiritual donde quiera que llegue la raza humana para su salvación, solo de esta forma prevaleceremos.

Desde el espacio

Una intensa luz iluminaba su rostro, confundido y aturdido fue abriendo sus ojos, con la mano izquierda trataba de protegerse del resplandor que lo cegaba, se levantó lentamente y miró a su alrededor, caminó hacia la ventana y observó que la nave donde viajaba se alejaba de la Tierra en llamas. Desde lo profundo de su pupila, Ryan recordaba cómo habían comenzado los cambios en el planeta, mientras a lo lejos, observaba el intenso fuego y la caída de los grandes meteoritos en lo profundo del mar de la Tierra; la nave continuaba alejándose, en la estratosfera. De pronto una mano se posó sobre su hombro, lo sacó de su concentración, observó el rostro del que lo tocaba, el abuelo Izraim y su familia estaban ahí, cayó nuevamente en el asombro, sin saber qué vida le esperaba de ahí en adelante, la nave seguía alejándose. Era el comienzo de una nueva era y una nueva humanidad, un nuevo destino...

Luego de 20 años en estado de criogenia navegando en el ciberespacio, de pronto Ryan despertó de su hipersueño.

Ryan estaba confundido, fue sometido a varios exámenes médicos para verificar su estado de salud. Solo recordaba al abuelo Izraim, quien estaba almacenado en una cámara del tiempo. El abuelo siguió transportándose en el tiempo y trasladándose a otros planetas, para verificar la existencia de otros seres vivos. Constantemente se trasladaba a la base lunar, aunque gran parte de la Luna había sido destruida a causa de la caída de grandes rocas estelares y por los bombardeos atómicos desde la Tierra, en el pasado la NASA realizó los bombardeos a la Luna, esperaba encontrar agua suficiente para la creación de la atmósfera que hasta hoy día pudieron crear y existe en la Luna. Algunas naves llegaron a las bases subterráneas que crearon los americanos en las profundidades del planeta Marte, creadas desde su primera visita en el 2014.

Otras naves llegaron a un nuevo planeta que había sido descubierto en el año 2010 por un equipo de científicos chilenos del antiguo planeta Tierra. Nadie podía imaginar para ese entonces que el planeta

Gliese 581 sería uno de los lugares donde se refugiarían los humanos y el resto de las razas formadas en la Tierra. Todas las arcas comenzaron a llegar. Fue un cambio inesperado. La temperatura oscilaba entre 10° F y 25° F. Con anterioridad ya se habían enviado dos misiones. En la Luna, el terreno era rocoso y áspero. La zona donde había más luz era húmeda, lo cual significaba que se podía crear oxígeno sin necesidad de usar tantos reactores. La base en Gliese 581 no era tan grande como para albergar a tantas personas. Los niños que habían sido transportados desde la Tierra fueron directamente trasladados a la base lunar. En Gliese no había ningún niño. La vida comenzaría de cero. Sin embargo, Los asiáticos transportaron arcas mucho más grandes con tripulación de adultos, niños, animales clonados, maquinarias, medicina y alta tecnología al planeta G.

La iglesia LDS se había convertido en una enorme corporación, gracias a las donaciones de personas de todas partes del mundo. Adquirió una flota de naves, que tenían guardadas desde hacía muchos años en los hangares, debajo de cada uno de los templos construidos por ellos desde el año 2043, y en el cual transportaron personas y enormes cargamentos de alimentos enlatados desde la Tierra al espacio. Lo mismo hizo el gobierno de los países aliados del norte, que desde la Segunda Guerra Mundial ya habían construido enormes ciudades subterráneas en Wisconsin, Colorado, Utah y otros estados. De la misma forma, otros países también tenían ciudades subterráneas como Rusia, Alemania, China y la República del Congo. En Sur América *los más* grandes refugios *son naturales y se encuentran en las profundidades de las cuevas subterráneas en Brasil.* Comenzaron las operaciones logísticas de desembarque de suministro y de equipos.

Ryan se mantenía joven a causa del viaje en cápsula y de la detención del tiempo en el espacio. Sus padres se quedaron viviendo en el planeta Marte hasta finalizar sus vidas.

*El viejo Izraim viajó en el tiempo hacia el pasado y desde Venezuela envió el pago a Centroamérica para que lo salvaran a él y a su compañera de laboratorio de ser secuestrados y asesinados cuando hacían su investigación. De esta forma, el Dr. Izraim del futuro salvó la vida de él mismo en el pasa*do.

La meta ahora era la supervivencia de la raza humana en los confines del universo, era el comienzo de una nueva humanidad en un nuevo universo...

Un nuevo comienzo

Planeta Gliese 581

Han pasado 20 años, después de ese tiempo, que fue lo que duró el viaje desde la tierra a Gliese 581, se han hecho algunas mejoras en ese planeta. Los habitantes viven en comunidades divididas en cúpulas o cápsulas, donde aún reciben oxígeno artificial. Acaba de nacer el primer gliesor en este planeta. Más delgado, alto y blanco, con ojos grises por la falta de sol y la oscuridad en ese planeta. Este es el primer descendiente de terrícolas en Gliese 581. El sistema de nacimiento fue primitivo, unos adolescentes violaron las leyes de Gliese de nunca tener sexo, ya que todo debía hacerse por medio de diagramas de computadoras mentales. Y el estudio de tener bebés aún estaba en proyecto, para que nacieran in vitro o por medio de proceso de regeneración con láser con una pieza del ADN principal de varios padres.

Kendra y Jaidruan nacieron en el espacio cuando la nave salió de la Tierra. Jaidruan era hijo de Ryan, y por lo tanto nieto del abuelo Izraim.

Jaidruan nació cuando estaban en órbita y antes de que entraran en la máquina de hipersueños. El abuelo Izraim se aseguró de que nunca le fuera insertado el chip de control y seguridad a Ryan ni a su esposa embarazada al entrar a la nave. Al igual que se aseguró de que a la otra señora tripulante embarazada tampoco se lo injertaran, como al resto de los tripulantes de la nave. Pasaron veinte años más, y el hijo de Ryan creció en el hipersueño y en tubos especiales sumergido en líquido, diseñados por el Dr. Izraim con anterioridad. Al despertar 20 años después, Ryan, su esposa y Jaidruan tuvieron un nuevo comienzo de vida. Con el tiempo, Jaidruan conoció a Kendra, una hermosa joven de ojos café y cabellos castaños, los cuales se enamoraron profundamente en secreto, ya que en la nave y posteriormente en las cúpulas portátiles se prohibía la relación entre hombre y mujeres, hasta después de la construcción de las nuevas ciudades.

A partir de ese momento todo tenía que ser virtual, reglas que ellos no tomaron en cuenta. Se escaparon un día fuera de la nave, en un pequeño refugio se entregaron el uno al otro. Pasó el tiempo, Kendra no sabía que estaba embarazada, sus síntomas nunca los habló con los tripulantes de la nave, ya que durante 20 años nunca hubo un nuevo neonato, todos estaban en hipersueño, después que ellos dos habían nacido en el vuelo de su salida de la Tierra. Al saber la noticia, todos los tripulantes se movilizaron a la cúpula hospital de la ciudad portátil. Nadie podía creer que había nacido el primer habitante glieso. Todos querían saber cómo era el nuevo miembro glieso. El bebé fue llamado Trions. Completamente pálido, de piernas largas y ojos gris plata, era fuerte por los cambios genéticos que hizo el abuelo Izraim al crear a Ryan, quien era ahora el joven abuelo de Trions, y comandante al mando de la seguridad interna de la nave y de los habitantes de la nueva ciudad. Guerrero incansable y cuidador de todos los ciudadanos de ese planeta.

A las dos horas de nacido comenzó a voltearse y levantaba la cabeza tratando de reconocer el lugar donde estaba, observaba; y cuando lloraba, lo hacía con un fuerte llanto, como un verdadero líder.

A Trions lo sacaron de Gliese para hacerle un estudio en la base lunar.

Se tomó parte de su ADN, para ayudar en el laboratorio con el estudio de hacer más bebés en la Luna. El padre de Trions fue capturado por las autoridades de Gliese, y su ADN también fue sustraído de su cuerpo para ser analizado y crear un banco de ADN, para la fabricación de niños, ya que los hombres que habían llegado hacía 20 años de la Tierra habían pasado por un ciclo de radiación y de contaminación que les había dañado la calidad de esperma para la reproducción de la especie humana. Los científicos de Gliese habían creado una ley en la cual ya no se podía tener sexo de manera primitiva, ya que temían que los nacimientos no fueran controlados y nacieran niños deformes o con problemas biológicos incontrolables, para las condiciones que se estaban viviendo en ese planeta.

Kandra fue aislada, y los científicos de Gliese le hicieron estudios biológicos, ya que era la primera mujer en estar embarazada en todo el planeta. Tomaron muestras de sangre, de piel y de cabello, que fueron almacenados en el banco de ADN de los laboratorios. El ambiente fuera de las cúpulas portátiles era frío y desolado, el ambiente era rocoso. Tenía una leve producción de oxígeno, pero aún no era suficiente como para la independencia de la vida de los humanos fuera de las cúpulas de supervivencia. En Gliese, construyeron ciudades que conectaban las cúpulas con tubos como de fibra de vidrio transparente. Se construyeron grandes jardines internos para el esparcimiento de los habitantes, plazas y parques artificiales. Había imágenes de cascadas de agua en algunos parques, que hacían la idea de que estaban ahí. Muchos de los primeros habitantes de Gliese 581 no sobrevivieron al cambio, sobre todo las personas mayores de cincuenta años, fue muy difícil para ellos adaptarse al cambio de vida, y al cambio climático, ya que cuando despertaron del hipersueño tenían en ese momento más de setenta años de vida.

Muchos perecieron, la población estaba envejeciendo.

Después del nacimiento de Trions, comenzó el intercambio de tecnología y alimentos entre la base lunar, el planeta G y el planeta Gliese 581. El planeta Marte negociaba con la Luna porque le quedaba más cerca. Los chinos avanzaron enormemente en tecnología, crearon naves que viajaban a velocidad de la luz. Se dedicaron a la producción de alimentos orgánicos y no orgánicos por medio de la clonación de animales. Fueron ellos los primeros en llegar a Gliese 581 desde el planeta G. Se realizaron muchos acuerdos para intercambio de comida orgánica y no orgánica del planeta G, por tecnología científica del planeta Gliese 581. Firmaron acuerdos tanto el planeta G como Gliese 581 para hacer intercambios de científicos e ingenieros de ambos planetas para avanzar científica y tecnológicamente. De esta forma ambos planetas comenzaron a prosperar rápidamente. Pasaron los años, Trions creció fuerte y saludable, estuvo viviendo y estudiando fuera de su planeta. Estaba viviendo en el planeta G, donde muchos de los habitantes eran muy jóvenes, ya que no había leyes que prohibieran el sexo biológico, sin embargo este tenía que ser controlado. Había muchos niños, al contrario que en el planeta Gliese 581.

Después de unos años, en Gliese 581 comenzaron a crear niños con control biológico. Trions conoció a Andrómeda, una hermosa mujer asiática que estaba designada al cuerpo de seguridad de G, se enamoró profundamente de ella, que se convirtió en su novia. Andrómeda fue enviada a una misión en Centurión a cinco días luz de la base lunar. La nave tuvo un accidente y cayó en un planetoide, del cual no se sabía casi nada, solo que habitaban alienígenas. Enviaron una misión de rescate de inmediato desde el planeta G. El comandante Yin se comunicó inmediatamente con la base lunar donde los antiguos estadounidenses terrícolas habían llegado, a su salida de la Tierra, hoy día llamados lunáticos, así se llamó a los habitantes de la luna. Se envió una nave de rescate hacia el planetoide Centurión, los lunáticos fueron detectados y atacados inmediatamente. El refuerzo llegaría en varias horas, mientras que desde Gliese también se habían enviado refuerzos, los cuales tardarían más tiempo en llegar porque estaba a muchos días de luz de su órbita. Andrómeda y sus compañeros pudieron esconderse de los centurianos. Estos eran seres depredadores, con aspecto de grandes animales.

Inmediatamente llegaron los refuerzos de los lunáticos y de los G, comenzó una gran batalla por la recuperación de la nave y de sus tripulantes. Los G y los lunáticos les ganaron la batalla a los centuriones, rescatando la nave de suministro y a los habitantes de esta, incluyendo a Andrómeda. Los lunáticos, al ver el poderío de los G, planearon hacer un acuerdo con ellos para intercambio de personal entre los planetas. Intercambio de soldados, científicos y maestros.

La idea de los lunáticos era el robo de información a los G, ya que los G estaban muy avanzados tecnológicamente. Los lunáticos, estando el G, trataron de hacer tratados con Gliese 581 para saber cómo ellos podían fabricar alimentos orgánicos, querían saber dónde estaba el lugar donde encontraban todos los suministros. Los lunáticos no pudieron introducirse en el planeta Gliese 581, los glieso no querían la presencia de los lunáticos en su planeta por alguna razón. Los lunáticos avanzaron creando inmensas ciudades en la Luna. Allí, en los cuarenta y cinco años que pasaron desde su llegada consumieron todas las reservas de alimentos y no generaron ninguna forma efectiva de obtener recursos.

El alimento de los lunáticos desde hacía diez años consistía píldoras y pequeñas porciones de cubos vitamínicos. Sin embargo, con el paso del tiempo sus cuerpos ya se estaban degenerando, tenían que conseguir una nueva fuente de alimentos. El planeta Gliese 581 la poseía, al igual que el planeta Marte, con el cual ellos tienen acuerdos desde hace ya varios años. Los lunáticos planearon hacer muchos acuerdos con el planeta G y con Gliese 581, sin embargo Gliese 581 no aceptaba acuerdos con la Luna. Los lunáticos se apoderaron de información de los científicos e ingenieros del planeta G, y construyeron estructuras en la Luna igual que la de los chinos, sin embargo nunca pudieron mejorarlas.

El comando del planeta lunar planteó una estrategia de acuerdos con la milicia de Gliese 581, por la cual entraron a Gliese 581 para hablar con los jefes de comandos de ese lugar, entre ellos estaba Andrómeda, jefa de seguridad del comando militar de Gliese 581. Octava fuerza.

Estando en Gliese, en el medio de la noche Andrómeda descubrió a uno de los integrantes del cuerpo militar de la Luna tratando de enviar información de los mapas planetarios donde se encontraba la ubicación de las reservas orgánicas de alimentos y agua del planeta Gliese 581.

Andrómeda y el militar de la base lunar tuvieron un fuerte encuentro, el militar pudo salir inmediatamente del planeta Gliese 581, pero no pudo llevarse los mapas planetarios. Hubo un gran enfrentamiento militar entre Gliese 581 y la base lunar.

Batalla universal

En Ocum

De alguna forma, los lunáticos tenían que poseer esa información, enviaron naves en secreto a Gliese 581, los gliesor los estaban esperando; sin embargo, Andrómeda fue capturada en el medio de la noche en su camarote. Trions, al saber la noticia, se levantó con gran furia y comenzó una de las más grandes batallas del universo, ya que a los gliesor se les unieron los chinos del planeta G. Andrómeda fue liberada por Trions y su propio comando de batalla. Los lunáticos acordaron un pacto con los centuriones, a cambio de tener el control de los depósitos de suministros orgánicos y de agua que tenía el planeta Gliese 581. Los centuriones viajaron en grandes masas con muchas naves hacia Gliese 581, de la misma forma el ejército guerrero estelar de los jóvenes del planeta G, con su más grande líder el Glesor Trions, y su comandante Andrómeda, junto con su más grande guerrero universal, su joven abuelo Ryan, creado genéticamente con cualidades muy especiales por el abuelo Izraim.

Ellos invadieron el espacio con sus grandes naves de alta tecnología, y la batalla se dio en un planeta llamado Ocum, entre el planeta Gliese 581 y Centurión.

Andrómeda, una de las más poderosas guerreras del comando del planeta G, y Trions, quien había estudiado y se había quedado viviendo en G desde su adolescencia, comandaron a un gran ejército de jóvenes guerreros para la lucha y defensa de los depósitos de alimentos orgánicos y de agua del planeta Gliese 581. Ryan era el único líder y soldado universal. Combatieron ferozmente a los batallones de las fuerzas militares de los lunáticos y de los centuriones.

Fue una gran batalla, los lunáticos perdieron. De esta forma se enemistaron con ambos planetas.

Planeta X

Era de luz espiritual

Ryan utilizó el planeta X descubierto en el año 2013 por un joven astrónomo venezolano, el cual se unió a Estudios Astrológicos del universo, en los antiguos Estados Unidos de América, llamados en el pasado Países Unidos del Norte. Sus descendientes continuaron estudios astronómicos, y fue así como en una reunión conocieron a Ryan y se pusieron de acuerdo en cooperar con él para enviar una misión al planeta X con suministros y agua en grandes cantidades, para así poder asegurarles la continuidad a las futuras generaciones. En ese planeta se crearon ciudades-viveros, y los viveros de alimentos fueron controlados por una pequeña comunidad de personas religiosas, las cuales vivían en paz espiritualmente y se encargarían de recibir a los más jóvenes en caso de una destrucción masiva en los demás planetas.

En este planeta estaban las semillas de la nueva era de luz espiritual de los seres humanos puros, los cuales serían los encargados de preservar lo mejor del espíritu de la raza humana.

Después de la gran batalla en Gliese, los gliesor y los G continuaron haciendo acuerdos unilaterales, y no volvieron a pactar con los lunáticos. Por otro lado, cada uno de estos planetas ha tenido que ir en busca de nuevas formas de alimentos alrededor del universo. Sin embargo, los lunáticos continúan alimentándose artificialmente con píldoras de vitaminas o suplementos, y esto les ha estado deteriorando la contextura orgánica de su cuerpo. Por otro lado, los habitantes del planeta Marte tenían pequeñas reservas de agua, tenían acuerdo con los lunáticos de suministrarles agua a cambio de otra cosa. Pero el agua no era suficiente para seguir suministrándosela a los lunáticos, así que ya ellos habían dado el aviso de no intercambiar más agua, el intercambio se haría por otros productos, no por el líquido vital. De esta forma los lunáticos están condenados a perecer si no consiguen una nueva reserva del líquido vital y una nueva forma de subsistencia para una nueva forma de vida.

Breve referencia de la obra

En el año 1987 fue visto un gran meteorito, el cual llegaría a espacio terrestre en 87 años. Estamos en el año 2072. La humanidad había estado muy ocupada en guerras absurdas por el poder y por el dinero, al punto de que se le olvidó cuidar su propio medio ambiente. Es inminente, el Armagedón se acerca a la órbita terrestre; cada minuto, cada segundo cuenta. Se hace lo imposible para la preservación de nuestro planeta. Comenzó la carrera por la sobrevivencia humana, se lanzaron misiles, se enviaron misiones hasta el Armagedón para cortar la enorme roca en varios pedazos, se trató de desviar la órbita espacial del Armagedón para que no fuese un peligro para la Tierra. Varios intentos fueron en vano. Se tomó la gran decisión de abandonar nuestro planeta; reunieron a las mentes más brillantes, científicos, médicos, ingenieros, también artesanos, parejas jóvenes y niños, los cuales fueron enviados para unirse a las colonias que ya están viviendo en la base lunar y en la base experimental en el planeta Marte desde hace algunos años, con el fin de preservar la vida humana.

A medida que se acercaba el momento del impacto en la Tierra, fue más el caos en el planeta, comenzaron los saqueos, las quemas de propiedades, las violaciones, unas personas disparaban a otras, existía un ambiente de absoluto caos, anarquismo y desolación. Muchos se encomendaron a las fuerzas del universo, desnudando su alma y entregándose por completo a su Creador, fuera Dios, Jesús, Alá o Buda. Comenzó el éxodo terrestre, los seres del espacio no eran más sino humanos, los cuales fueron nuestros ancestros, que una vez dejaron colonias en la Tierra para preservar su especie, ya que sus propios planetas corrieron el destino de la destrucción, tanto por causas naturales como por ataques de otras especies. Ellos se refugiaron dentro de la Tierra, debajo del océano, en medio de bosques tropicales, entre las montañas y en planetoides alrededor de nuestro sistema solar, mientras que otros buscaban un mejor planeta para preservar su propia especie.

Este es el comienzo de la nueva humanidad en el infinito del universo, el cual más adelante, tras obtener una nueva oportunidad de vida, sin embargo continuó las batallas por el suministro de los alimentos y del control del líquido vital. Esto convirtió a los lunáticos en seres completamente erráticos, crueles y destructivos, mientras que la otra parte siempre trató de emprender un nuevo comienzo por el bien de la humanidad. No importaba lo que hicieran, no importaba cuánto avanzaran, cuánta tecnología poseyeran, siempre los lunáticos lo querían todo para ellos mismos, siempre buscaban sustraer los suministros de los lugares a donde iban, y al final arrasaban con todo para su propio consumo, a ellos no les importaba nada ni nadie sino, su propia persona. Para ellos lo más importante en este y en todos los planetas eran ellos mismos, los demás no contaban. Era una raza destinada a perecer si no corregía sus errores con tiempo, si no aceptaba su realidad: que no eran los únicos que habitaban el planeta. Debían estar unidos en el momento de un cataclismo y después de ello también. Muchos de nosotros no vamos a existir para verlo, pero todo esto sucederá a su tiempo, espero que nuestros descendientes estén preparados mentalmente para todos los acontecimientos que llegarán del futuro. El futuro de nuestros descendientes depende del presente de nosotros mismos, de cómo lo cuidemos para ellos. El futuro es de todos, no lo desperdiciemos, cuidemos nuestros recursos, el mañana de ellos será posible gracias al presente de nosotros, hagamos un mejor planeta para nuestros descendientes...

ÍNDICE

Editorial LibrosEnRed

LibrosEnRed es la Editorial Digital más completa en idioma español. Desde junio de 2000 trabajamos en la edición y venta de libros digitales e impresos bajo demanda.

Nuestra misión es facilitar a todos los autores la edición de sus obras y ofrecer a los lectores acceso rápido y económico a libros de todo tipo.

Editamos novelas, cuentos, poesías, tesis, investigaciones, manuales, monografías y toda variedad de contenidos. Brindamos la posibilidad de comercializar las obras desde Internet para millones de potenciales lectores. De este modo, intentamos fortalecer la difusión de los autores que escriben en español.

Ingrese a www.librosenred.com y conozca nuestro catálogo, compuesto por cientos de títulos clásicos y de autores contemporáneos.